meow

meow

meow

따뜻한 위로의 순간

클링키

메
카르북스

To

반짝반짝 빛나는
당신의 마음에게

내가 줄 수 있는
아주 작은 빛

프 롤 로 그

처음에는 그저, 행복해지기 위한 시작이었다.
놓치고 싶지 않은 순간들과 그 감정들을 이야기하고 싶었다.
내가 느끼거나 누군가가 느꼈을, 그러한 감정들에 대해 나누고 싶었다.

그렇게 끄적이던 작은 그림과 서툰 이야기에, 같은 마음을 보여주는
이들을 만났다.
한 문장에 작은 위로를 받고, 그렇게 따뜻함을 느끼고, 깊은 그리움에
아파하고, 사랑에 속상해하는 그들과 나는 어느새 우리가 되어 함께
안도했다.
나만 그런 것이 아니라 다른 누군가도, 아니 생각보다 많은 이들이 같
은 감정을 겪었다는 사실에.

얼굴도 모르는 누군가와 내가, 어디에 사는지조차 알 수 없는 누군가
와 내가, 물리적인 거리와 익명의 울타리를 뛰어 넘어 단지 그림 하나
로 소통할 수 있다는 사실은 언제 떠올려봐도 실로 기적 같은 일이다.
나는 그림으로 저 멀리 바다 건너 제주도에 살고 있는 당신에게 말을
걸 수도 있고, 거리에서 내 곁을 스쳐 지나갔을지도 모를 누군가와 같
은 감정을 공유할 수도 있다.

내가 그림으로 당신에게 수줍은 말을 건네고, 머뭇거리듯 조심스럽게 당신의 마음을 두드리는 일.
그것이 내가 할 수 있는 일이고, 앞으로도 하고 싶은 일이다.

이야기하고 싶은 감정을 누군가와 나누고, 그렇게 서로 기댈 수 있는 공간이 존재한다는 것은, 그것이 비록 수많은 정보들이 끝도 없이 흩뿌려진 우주 속에서 작은 빛을 내는 하나의 티끌만한 별에 불과할지라도, 그 자체로 눈물 나게 아름다운 일인 것이다.
그리고 그 티끌만한 별을 알아보고 반가워하는 이가 있다는 것은 마법과도 같은 일이다.
그것이 단 한 명에 불과할지라도.

"괜찮아, 오늘도 잘하고 있어."

내가 나에게 해주고 싶은 말.
그리고 누군가의 마음을 두드리며 전하고 싶은 말.

나의 그림이 작은 빛을 낼 수 있다면,
반짝이는 빛이 멀리 있는 당신에게도 보일 수 있기를.
그리고 고마운 당신이 그 작은 빛을 보며 희미하게나마 웃을 수 있기를.

곳곳에 흩뿌려진 작은 빛이 반짝이며 잿빛 가득한 세상에 번져가기를.

그늘 · · · ·

나의 마음에 작은 꽃잎이 흩날린다

어쩐지 설레는 오늘

나의 마음에 잿빛 먹구름이 낀다

자꾸만 두려운 오늘

나의 마음에 차가운 비가 쏟아진다

그저 슬픈 오늘

나의 마음에 쌀쌀한 바람이 분다

조금 쓸쓸한 오늘

나의 마음에 잔잔한 햇볕이 내린다

어제처럼 소소한 오늘

너의 얼굴을

떠 올 리 는

것만으로도

라 보 같 은

웃음이 배시시

재어 나오는 늘

나의 마음에
작은 꽃잎이
흩날린다

어쩐지
설레는
오늘

사랑을 하는 이들의 우산은 늘 기울어져 있다。
누군가를 위해 ─。

비가 오던 어느 날,
하나의 우산을 쓰고 걸어가는
연인들의 뒷모습을 본 적이 있다.

사랑하는 이를 위해
어김없이 한 쪽으로 기울어진 우산.

행여나 사랑하는 사람이 비를 맞을까 걱정되어
자꾸만 반대편으로 기울이다 보니
그의 한 쪽 어깨는 내리는 빗속에 하릴없이 젖어가고 있었다.

우산을 접고 난 뒤에도 흠뻑 젖어버린 자신의 어깨보다는,
사랑하는 이의 머리에 떨어진 조금의 빗방울을 털어주기에 바쁘다면,
아마도 사랑을 하고 있는 것.

누군가를 위해 한 번쯤 우산을 기울여 본 적이 있다면,
아마도 사랑을 했던 것.

비 내리는 어느 날 나 또한 누군가에게 그러했고,
이제는 흐릿해진 그 언젠가 누군가가 나에게 그러했던 것처럼.

그렇게 사랑했던 기억 속에서,
우산은 언제나 기울어져 있다.

어쩐지 설레는 오늘

너의 기분

너의 머리 위에
오늘의 기분이
보였으면 좋겠다

쨍쨍

맑음

짝잔♪

쨍쨍

맑은 날에는 예쁜 꽃 한 송이를,

　　　어쩐지　설레는　오늘

쏴아아..

우울 ..

스윽-

쏴아아...

비 오는 날에는 작은 우산을 ,

부글   부글

화남 ..

또르르 ..

또르르 ..

치이익 ..

열 받는 날에는 시원한 물줄기를,

휘잉

쓸쓸..

꼬깃

휘잉

바람 부는 날에는 널 위한 바람개비를,
줄 수 있다면 좋을텐데ㅡ。

어쩐지 설레는 오늘

지금 너는 어떤 기분일까.
너의 기분이 궁금하다.

너의 머리 위에,
오늘의 기분이 보였으면 좋겠다.

나는, 너의 기분이 궁금하다.
너의 머리 위에, 오늘의 기분이 보이면 좋을 텐데.

쨍쨍하게 맑은 날에는 예쁜 꽃 한 송이를,
주룩주룩 비가 내리는 날에는 작은 우산을,
부글부글 화가 나는 날에는 시원한 물줄기를,
휑-하니 쓸쓸한 바람이 부는 날에는 곱게 접은 바람개비를,
너에게 줄 수 있다면 참 좋을 텐데.

알쏭달쏭한 표정 뒤의 진짜 기분이 궁금하다.
언제나 솔직하지 못한 너의 기분이 궁금하다.

오늘은, 지금은,
어떤 기분일까.

너의 머리 위에,
오늘의 기분이 보였으면
참 좋겠다.

밥을 먹다가도,

봄옷🦋

뭉게

뭉게

냥?

쇼핑을 하다가도,

어쩐지 설레는 오늘

미끌..

뭉게

뭉게

슈읍..

냥?

출근을 하다가도,

뒹굴거리다가도,

당신이 자꾸만 궁금해진다.

밥은 먹었나?

냥?

이 옷을 좋아해줄까?

냥?

출근은 잘 했나?

지금 뭐하고 있을까?

어쩐지 설레는 오늘

궁금함을 안고 자꾸만 커져가는 마음.

자꾸만 궁금해지는 누군가가 있다면,
이미 사랑이 시작된 것.
사랑은 궁금함을 타고 온다. 둥실둥실 -

허겁지겁 밥을 먹다가도
룰루랄라 쇼핑을 하다가도
꾸벅꾸벅 졸며 출근을 하다가도
이리저리 뒹굴거리다가도
자꾸만 뭉게뭉게 피어나는 궁금함.

당신은
밥은 챙겨 먹었을까?
이 옷을 예쁘게 봐줄까?
출근은 잘 했을까?
지금 뭐하고 있을까?

사소한 일상, 그 틈새로 파고드는 당신에 대한 궁금증들.

나는 자꾸만, 당신이 궁금해진다.

자꾸만 궁금해지는 누군가가 있다면
당신을 궁금해하는 누군가가 있다면
이미 사랑이 시작된 것.

코끝이 시린 겨울의 시작,
이따금씩 궁금해지는 누군가가 당신 곁을
봄처럼 따뜻하게 채워주기를.

어쩐지 설레는 오늘

어느 날 갑자기

찾아 온 기적 같은 이야기

어쩐지 설레는 오늘

멍멍♥

음메~♥

어라라?

개나 소나
다 짝이.. 우뚝

꺅
꺅 꺄아

찰칵　　　　　뿌잉

예쁘다냥♥

혼자도 나쁘지는 않지만...

꽤 많은 길을 걸어온 것 같은데,
내 인연은 보이지 않아。

어쩐지 설레는 오늘

할수없다냥
괜찮다냥

혼자도
즐겁다냥

띠용

어쩐지 설레는 오늘

어디에도 없을 것만 같던 인연은,

저 길 끝 모퉁이를 돌자마자

그렇게 갑자기 만나게 될지도 모른다.

이제 더 이상은 없을 것만 같던 인연도,

그렇게 사고처럼 다시 찾아온다.

어느 날 갑자기 ―.

생각지도 못한 순간, 작은 기적처럼.

어쩐지 설레는 오늘

길고 구불구불한 길을 한참 동안 혼자 걸어왔는데
어째서인지 나의 인연은 보이지 않는다.

나만 빼놓고 모두가 자신의 인연을 만난 것 같지만
괜찮다.
혼자 걷는 이 길도 나쁘지 않다.

그렇지만, 정말 없는 걸까.
길고 긴 길의 끝까지 왔는데도 나의 인연은 보이지 않는다.
없는 거겠지, 라고 생각하며 모퉁이를 도는 순간

쿵!

어디에도 없을 것만 같던 나의 인연은
그렇게, 길 끝 모퉁이를 돌자마자 갑자기 만나게 될지도 모른다.

이제 다신 없을 것만 같았던 인연도 다시 찾아온다.

어느 날 갑자기
전혀 생각지도 못한 순간,
작고 감사한 기적처럼.

사랑이란
어느 날 어떤 순간에 어딘가에서 어떤 모습으로
내 앞에 나타날지 알 수가 없는 것.

그래서 기적 같은 것.

좋을 텐데

서로에게 다가가는 속도가 같다면 좋을 텐데—.

아장   저벅

한 걸음씩,

풀짝.   풀쩍.

조심스럽게,

천천히,

그렇게 서로를 마주 볼 수 있다면 좋을 텐데 ㅡ.

나는 조심스럽게 한 걸음씩
너는 급하게 성큼성큼 두 걸음씩
겁이 많은 나는 자꾸만 뒷걸음질 치게 된다.

서로에게 다가가는 속도가 같다면 좋을 텐데.

서두르지 않고 한 걸음씩
신중하고 조심스럽게,
스며들듯 천천히,
그렇게 서로를 마주볼 수 있다면 좋을 텐데.

내가 네 앞에 섰을 때
네가 내 앞에 마주 설 수 있도록.

내가 기다리지도,
너를 기다리게 하지도 않게.

같은 속도로
같은 마음으로
그렇게 서로를 마주할 수 있다면
참 좋을 텐데.

보
고

싶
다

네 머리 속을 들여다보고 싶어。
거기에 내가 있는지 ㅡ。

너의 마음속은 어제도 알쏭달쏭
너의 머릿속은 오늘도 긴가민가

자꾸만 나를 헷갈리게 한다.

때로는 너의 마음속에 들어가보고 싶다.
가끔은 너의 머릿속을 들여다보고 싶다.

그 안에 다른 누가 있는 것은 아닌지
그 안에 정말로 내가 있기는 한 건지

보고 싶다.
너의 생각과
너의 감정을.

세상의 모든 일
들이 나를 웅
크리게 만드
는, 그런 날

나의 마음에
잿빛 먹구름이
낀다

자꾸만
두려운
오늘

당신의 빈틈

냥?

자꾸만 두려운 오늘

자꾸만 두려운 오늘

너무 넓다냥..
빨리 채우고 싶은데..
빈틈투성이다냥..♪

냐앙..

자꾸만 두려운 오늘

빈틈만 채우면 모든게 완벽해지는 줄 ..

다음에는 또 어떤 걸 그려볼까.

또 어떻게 채워볼까.

하얀 여백은,

초조함이 아닌 설렘,

두려움이 아닌 희망.

두근
두근

천천히
예쁘게 채워야지냥 ♥

당신의 빈틈들은

하얀 도화지의 여백처럼

'가능성'을 의미한다.

차근차근 자신만의 그림을 완성할 것.

무엇보다 빛나는 자신만의 그림을.

하얀 도화지처럼 채워지지 않은 여백……
빈틈투성이의 자신이 한없이 작고 초라하게 느껴질 때가 있다.

그 빈틈들을 채우고 싶다는 생각에 초조해지고,
빈틈을 채워가는 누군가의 모습에 마음 졸이고,
채워도 채워지지 않는 빈틈에 두려움마저 생긴다.

그러나
아직 아무것도 그려지지 않은 하얀 여백은,
무엇이든 그릴 수 있고
어떤 색으로든 칠할 수 있는
알록달록한 '가능성'을 의미한다.

나를 '절망'하게 하는 그 빈틈들은
얼마든지 반짝이는 빛으로 채울 수 있는 눈부신 '희망'을 의미한다.

당신이 원하는 대로,
차근차근 자신의 그림을 그려나갈 것.

당신만이 그릴 수 있는,
자신만의 빛을 내는 그림으로 채워볼 것.

두려움이 아닌 희망으로,
초조함이 아닌 설렘을 담아—

따끔따끔

낑낑

...

확그냥...

깨진 그릇은 자국이 남고,

자꾸만 두려운 오늘

얼룩을 닦아낸 곳은 흔적이 남고,

자꾸만 두려운 오늘

다친 자리에는 흉터가 남는다。

휙

니앙..

그러지
말라냥 ...

꿈틀

작은 무관심과 이기심이 닿은 자리에는,

아픔이 남는다。

그땐
내가 좀
어렸다옹?

냥!

끄덕

지금은
행복하냐옹?

냥!

따끔
;

그렇지만 가끔씩 따끔거리는 건,
나도 어쩔 수가 없어。

자꾸만 두려운 오늘

스윽

이미 남아버린 아픔은, 사라지지 않는다 。

깨진 그릇은 아무리 붙여도 자국이 남고,
얼룩을 지워낸 곳에는 흔적이 남고,
다친 자리에는 흉터가 남듯이-
너의 작은 무관심과 이기심이 닿은 그 자리에는
아픔이 남는다.
이미 남아버린 아픔은, 사라지지도 지워지지도 않는다.

네가 달아준 예쁜 리본도, 따뜻한 기쁨도,
이미 남아버린 아픔을 지울 수는 없다.
그저 잠시 가려주고, 덮어줄 뿐.

행복하다 해도, 이따금씩 따끔거리는 건 어쩔 수가 없다.
그건 정말 어쩔 수가 없다.

흠..

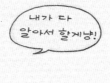

자꾸만 두려운 오늘

피곤해 ..

오늘은 쓰지 말까 ..

자꾸만 두려운 오늘

나는 그냥‥ 조금 피곤할 뿐인데。

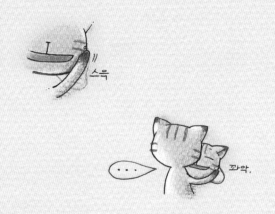

자꾸만 두려운 오늘

찡그리는 법이,

화내는 법이,

우는 방법이,

기억나지 않는다。

나는 어떤 표정들을,
가지고 있었더라.

투둑

남들이 원하는 표정만 짓다 그만,

진짜 표정들을 잃어 버렸다。

웃는 표정 속에 갇히고 말았다。 우습게도 ㅡ。

누군가를 위해 내 기분을 숨긴 채 가면을 썼다.

밝은 표정으로 누군가에게 힘이 되고,
웃는 표정으로 누군가를 웃게 하는 것이 좋았다.

그런데 가끔은 피곤할 때가 있다.
그 모든 것들이 나를 숨 막히게 할 때가 있다.

과연 가면을 벗은 나의 맨 얼굴을 이해해주는 사람은 없는 걸까.

자꾸만 두려운 오늘

가면을 벗은 나는
기분이 안 좋은 사람이 되고
무슨 일이 있는 사람이 되고 만다.

나는 단지, 조금 피곤했을 뿐인데.

나는 다시 한 번,
가장 환하게 웃는 가면을 꺼내 지그시 눌러 쓴다.

찡그리는 법도, 화내는 법도, 우는 법도,
이제는 잘 기억나지 않는다.
원래의 나는 어떤 표정들을 가지고 있었더라……

그렇게, 남들이 원하는 표정만 짓다가
그만 나의 진짜 표정들을 잃어버리고 말았다.

웃는 표정 뒤에 갇혀버린 나는
이제 어찌해야 좋을지 모르겠다.

누군가 말해줬으면 좋겠다.
그렇게 애쓰지 않아도 괜찮다고,
가끔은 가면 없이 조금 편해져도 괜찮다고.

바쁜 당신에게 필요한 것

그리고
열심히 달려오느라
지쳐버린 당신에게

자꾸만 두려운 오늘

끙끙냥♪

끙끙냥♪

자꾸만 두려운 오늘

자꾸만 두려운 오늘

자꾸만 두려운 오늘

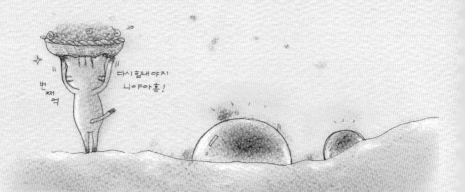

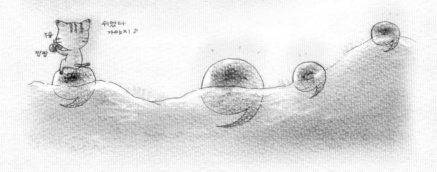

자꾸만 두려운 오늘

당신을 주저앉게 만든 작은 돌멩이는,
어쩌면 당신의 바쁜 일상 속에 꼭 필요한
'쉼표' 인지도 모른다.

주저 앉아 내쉰 한숨이, 펑펑 쏟아낸 눈물이,
당신을 더 강하게 만들어 주는 것.

너무 바쁘고 힘들고 지치더라도
울음을 꾹 참으며 열심히 달리고 있는데
문득 내 앞에 작은 돌멩이 하나가 나타날 때가 있다.

갑자기 나타난 돌멩이에 걸려 넘어지기도 하고
돌멩이를 뛰어 넘다가 가쁜 숨을 몰아쉬기도 한다.

당신을 울게 만든 이 작은 돌멩이는,
당신을 멈추게 한 그 작은 돌멩이는,
어쩌면 바쁜 당신에게 꼭 필요한 쉼표였던 것은 아닐까.

먼지를 툭툭 털고 일어나면,
속상한 마음에 펑펑 울고 나면,
어쩐지 후련해진 마음으로 다시 시작할 수 있지 않을까.

자 꾸 만   두 려 운   오 늘

당신이 꿈꾸던 목표는 이 작은 돌멩이 너머,
그리 멀지 않은 곳에서 당신을 기다리고 있을지도 모른다.

그러니, 조금은 쉬었다 가도 괜찮다.
당신을 넘어지게 만든 돌멩이를 핑계 삼아.

당신이 최선을 다해 달려온 시간들이,
저 고개 너머 당신을 기다리고 있는 예쁜 꽃에게
반드시 데려다 줄 테니까.

조금은 쉬었다
가도 괜찮아

자꾸만 두려운 오늘

꽁꽁 숨어라

세상 무엇보다 반짝이고 예뻤던 내 마음.

네게 모두 주었던 내 마음.

자꾸만 두려운 오늘

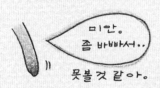

다시 생각해보자。

우리 사이-

상처로 얼룩진 마음을 예쁘게 닦아내고,

다시 누군가를 만난다.

아무것도 아냐.

네 마음이 이만큼 커지면,

그 때 보여줄게.

자꾸만 두려운 오늘

온전한 내 마음도, 남겨진 상처들도,

이제는 꽁꽁 숨기게 된다.

조금 덜 아프고 싶어서.

조금 덜 울고 싶어서 ―.

누군가를 처음 좋아하게 되었을 때
처음으로 생긴 그 마음이 너무도 소중해
두 손에 담아 조심스레 키워 나갔다.
무엇보다 예쁘게 빛날 수 있도록.

그리고 그 예쁜 마음을 너에게 주었다.
온전한 마음 그대로, 모두 주었다.

생각 없이 내뱉은 너의 무심한 말들과
네 자신밖에 볼 줄 모르는 이기적인 생각들.
무엇보다 쓰렸던 너의 무관심 속에서
내 마음은 점점 빛을 잃어갔다.
조금씩 부서지고, 긁히고, 무너져 내렸다.

자꾸만   두려운   오늘

그렇게 상처투성이가 된 내 마음을
다시 처음처럼 예쁘게 닦아도 보고,
그래도 지워지지 않는 흉터들을 지닌 채
내게 웃어주는 따뜻한 사람을 만나게 되었다.

온기 가득한 그 미소 앞에 온 마음을 내어 주고 싶어지지만,
고개를 저으며 이내 꽁꽁 숨기고 만다.
온전한 내 마음도, 남겨진 예전의 상처들도.

누군가로부터 온전한 마음을 받기 전에는,
내 마음 또한 보여주지 못하게 되어 버렸다.

사랑하지 않아서가 아니다.
그저 조금 덜 아프고 싶어서.
조금 덜 울고 싶어서였을 뿐이다.

쏟아지는 빛줄

속에, 나 혼자

판 남겨진 것

같은 그림一

나의 마음에
차 가 운   비 가
쏟아진다

그저

슬픈

오늘

사랑을 말하던 너의 예쁜 입이,

이별을 말하고,

내 손의 일부 같았던 너의 따뜻한 손이

식어버린 커피잔을 만지작 거리고,

나만 바라보던 너의 두 눈이

애꿎은 발끝만 멍하니 바라보고,

달콤해냥 ♥

함께 달콤한 것을 나눠먹던 네가

〃 홀짝

쓰디쓴

마시지도 않던 커피를 홀짝거린다.

킁킁 좋은 향기다냥 ♥

향수냥?
뭐 쓰냥?

파닥 파닥"

그냥
퐁퐁인데..♪

퐁

퐁

좋아냥♥
향기롭다냥♥

1 2 2

흔한 비누 향기도 좋아해주던 너는
이제 나를 향기롭게 느끼지 않는다.

그 저   슬 픈   오 늘

안절
부절

내가 좋아하던 네 모습 그대로인데,
마치 다른 사람 같아.

테이블 하나를 사이에 둔 것뿐인데,

너와 나의 거리가

참
멀다.

그저 슬픈 오늘

이별의 순간이 아픈 이유는,

그 사람의 모든 감각들이

더 이상 나를 향해 있지 않는다는 것을

알게 되기 때문이다.

126

이별의 순간이 슬픈 이유는,

나의 모든 감각들이

더 이상 누군가를 향해 반응하지 않는다는 것을

알게 되기 때문이다。

미안함 뿐이라서,
미안해。

사랑을 말하던 너의 입이 차가운 이별을 말하고
따뜻했던 너의 손이 식어버린 커피잔을 만지작거리고
나만을 바라보던 너의 두 눈이 애꿎은 발끝만 쳐다보고
달콤한 것을 좋아하던 네가 쓰디쓴 커피를 홀짝거린다.
그리고 이제 넌 내게 어떠한 향기로움도 느끼지 못한다.

이별의 순간이 아프게 다가오는 것은,
나를 향하던 너의 모든 감각들이
이제 더 이상 나를 향하지 않는다는 사실을
알게 되기 때문이다.

익숙함은 사라지고
남은 것은 낯섦뿐인
아픈 이별의 순간.

이별의 순간이 슬프게 다가오는 것은,
누군가를 향하던 나의 모든 감각들이
이제 더 이상 반응하지 않는다는 사실을
알게 되기 때문이다.

설렘은 사라지고
남은 것은 미안함뿐인,
슬픈 이별의 순간.

눈물잔

어디가 아픈 것도 아니고,

눈에 먼지가 들어간 것도 아닌데,

갑자기 눈물이 날 때가 있다.

정말 .. 미안하다.

그동안 많이
고마웠다.

후우..

그 저 슬 픈 오 늘

그동안
즐거웠어.

괜찮다며 꿀걱,

별일 아니라며 꿀꺽,

내가 해볼게.

혼자 할 수 있겠어?

걱정하지 말라며 꿀꺽,

꿀걱..

꿀걱..

그저   슬픈   오늘

그렇게 꿀꺽이며 삼킨 것은 ,

눈물이 되어 조금씩 차오른다 .

나쁜놈! 쓰레기!
내가 얼마나 좋아 했는데!!

펑펑

훌쩍.

그 말 듣고
나 솔직히 속상했어..

끼익..

니양....

도와줘..
도저히 혼자
못하겠어..

제 때 쏟아내지 못한

슬픔과 아픔과 괴로움이

당신 안에 가득히 차오르면,

눈물이 되어 밖으로 넘쳐흐른다。

어느 날 갑자기。 참을 수도 없이。

그저   슬픈   오늘

찰랑   찰랑‥

개윤해냥♥

고기고기냥♥

뽀송

뽀송

아무리 씩씩한 당신이라도,

가끔은 당신 안의 눈물을 비워내야 한다.

당신 안의 작은 눈물잔이,

어느 맑은 날 갑자기 넘쳐흐르지 않도록.

그 저 슬 픈 오 늘

어느 날 갑자기 눈물이 날 때가 있다.
어떤 슬픈 일이 있는 것도 아닌데……

괜찮다고, 별일 아니라고, 걱정하지 말라며
꿀꺽이며 씩씩하게 삼켜낸 것은
누구도 닦아 줄 수 없이 내 안의 눈물이 되어 조금씩 차오른다.

터뜨리지 못한 아픔이, 슬픔이, 괴로움이,
내 안의 눈물잔에 가득 채워지면
주체할 수 없이 밖으로 주르륵 넘쳐흐르게 된다.
어느 햇살 좋은 날, 너무도 갑자기.

그렇게 넘쳐흐른 눈물잔의 눈물을 비워내고 나면,
어쩐지 개운해진다.
눈물에 잠겨 있던 마음이 뽀송뽀송해진다.

그리 크지 않은 눈물잔에
너무 많은 눈물을 담아두지 말 것.

당신의 여린 마음이
　　　출렁이는 눈물 속을
　　　　　　헤매지 않도록.

짝
사
랑

저벅··

꼬옥··

그 저   슬 픈   오 늘

이것 좀..
맡길게요.

스윽..

소중한거 다냥..

이건
뭐냐옹?

돌려받기 힘들지도
몰라요.

알고있어요..

끄덕..

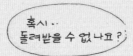

알고있어요..

욱신..

알아요..

그치만..

그저 슬픈 오늘

어떤건지
모르겠다옹..

그렇다고
다른걸 줄순 없었다옹..

쉽게 찾을 수 없다는 걸 알면서도

당신에게 주어버린 내 마음。

그렇게 시작해버린 짝사랑。

언젠가는, 한 번쯤은 열어봐주길。

당신에게 맡겨놓은 내 마음을。

그 저   슬 픈   오 늘

쉽게 찾을 수 없다는 걸 알면서도
너에게 주어버린 내 마음.

알아주지 않는다는 걸 알면서도
너에게 맡겨버린 내 마음.

다른 많은 마음들 속에 섞여버릴 걸 알면서도
너에게 줄 수밖에 없었던 내 마음.

그렇게 시작된 바보 같은 짝사랑.

어리석게도 온 마음을 다 주고 나서야 깨달았다.
휑하게 뚫려버린 마음 한 구석을 움켜쥐고
바보 같은 기대를 품은 채
자꾸만 네 주변을 서성이고 있는 내 모습을.

문득 미워졌다.
언제 돌아올지 모르는 내 마음과
내게는 오지 않는 네 마음이.

언젠가는
한 번쯤은 내 마음을 열어 봐주길.

너에게 맡겨놓은,
　　무엇보다 소중한 내 마음을.

발
자
국

당신이 지나간 자리에,
당신의 발자국이 남았다.

그 저   슬 픈   오 늘

눈이 오면,

발자국이 새하얗게 덮일 줄 알았다。

눈이 오니 그 발자국 안에 눈이 쌓였다.

그저 슬픈 오늘

비가 오면,

발자국이 새하얗게 씻겨 내려갈 줄 알았다。

비가 오니 그 발자국 안에 빗물이 고였다.

그 저   슬 픈   오 늘

햇살이 비추면,

발자국이 새하얗게 부서져내릴 줄 알았다.

햇살이 비추니

그 발자국이 선명하게 굳어졌다。

그 저   슬 픈   오 늘

깊게 패인 발자국 안으로

빗물이 슬프게 스며들고,

 눈송이가 시리게 녹아들고,

햇살이 따갑게 파고든다.

그저 텅 빈 발자국일 뿐인데,
와 닿는 모든 것이 아프다.

마음 곳곳에,

깊게 패인 당신의 발자국이 남아있다.

당신이 무심코 지나간 그 자리에,

당신이 지나쳐버린,

이제는 잊어버린, 그 자리에—.

당신이 지나간 자리에
당신의 발자국이 남았다.

반짝반짝 빛나던 추억도
슬프게 울컥거리던 기억도
이제는 모두 당신의 흔적이 되어
내 마음 곳곳에 남아있다.

당신이 잠시 스쳐 지나간 그 자리에.
이제는 까맣게 잊어버렸을 그 자리에.

나는 당신이 남긴 발자국이
아직도 많이 시리고 아프다.

당신이 남긴 모든 것들이
여전히 시리도록 선명하다.

그 저 슬 픈 오 늘

눈물이　났다

자꾸만
자꾸만

눈물이

널 사랑하지않아.

그가 나를 사랑하지 않는다고 말할 때,

울컥,

네 생각이 났다。

사랑하지 않는다냥。

내가 널 사랑하지 않는다고 말할 때,

우우웅‥

너도 이런 기분이었던 걸까。

눈물이 났다.

그가 나를 사랑하지 않아서,
내가 너를 사랑하지 않아서.

우리가, 서로를 사랑하지 않아서.

그저 슬픈 오늘

그가 나를 사랑하지 않는다고 말할 때
네 생각이 났다.

내가 너를 사랑하지 않는다고 말했을 때
너도 이런 슬픈 기분이었던 걸까.

바보같이 눈물이 났다.

그가 나를 사랑하지 않아서.
그리고 내가 너를 사랑하지 않아서.

우리가, 서로를 사랑하지 않아서.

자꾸만, 자꾸만, 눈물이 났다.

왜 우리는,
서로를 사랑할 수
없는 걸까.

낙엽처럼 흩어
지는 그리운 기
억들이 고기
를 내밀고 너
와 마주하는 늘

나의 마음에
쌀쌀한
바람이 분다

조금

쓸쓸한

오늘

남
겨
진
것
들

쭈욱

응?
너 원래 탄산
잘 못마셨잖아.

쭈욱

콜라 좋아하는
남자를 만났었거든.

끄윽냥 =3

조 금 쓸 쓸 한 오 늘

조금 쓸쓸한 오늘

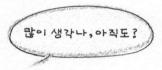

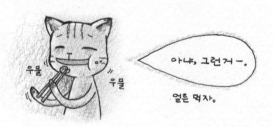

다만, 너로 인해 내게 남겨진 좋은 것들이 너무 많아서

그게 고맙고 미안할 뿐이야.

나는 너에게 어떤 것들을 남겨주었을까..

조 금   쓸 쓸 한   오 늘

누군가와 보낸 시간들로 인해 -
조금 더 나은 내가 되었다면,

그 시간은 분명, 조금 아프다 해도
빛나는 추억일 것이다.

무엇보다 소중한.

누군가를 만나면
좋은 쪽으로든 그렇지 않은 쪽으로든
조금은 변하게 된다.

나도 모르는 사이에
그 사람이 내게 스며들고, 번져간다.

너를 만나면서 스며들었던 좋은 것들은
네가 떠난 후에도 여전히 나에게 남겨져 있다.

너와 함께 보낸 시간들로 인해
나는 예전보다 더 알록달록한 빛을 가진 사람이 되었다.

나는 너에게,
어떤 좋은 것들을 남겨주었을까.
너는 나로 인해,
어떤 빛을 가지게 되었을까.

나에게는 이렇게 많은 것들을 남겨주었는데
나는 네게 좋지 않은 것들만 남겨준 것은 아닌지
새삼 고맙고 미안해질 때가 있다.

조 금   쓸 쓸 한   오 늘

그리고 남겨진 것들을 바라보면서 생각한다.

부족한 나를 채워준 고마운 사람과 함께했던 시간들은
그가 곁에 없는 지금도 여전히 소중하다는 것을.

내게 스며든 너의 일부가 여전히
예쁘게 빛나고 있다는 것을.

사랑이 남기는 것은, 진짜다.

뒷
모
습

피곤해냥

조 금   쓸쓸한   오 늘

── 끼익.

휴냥..

아..

욱씬..!!

네가 있을 이유가
전혀 없는 곳이구나...

조금 쓸쓸한 오늘

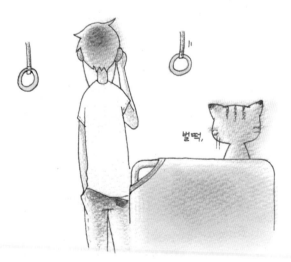

후다닥◑

?

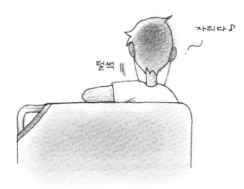

자리다♪

털썩‖

조 금   쓸 쓸 한   오 늘

하나도
안 닮았는데-

왜 그랬지··

도망치듯 뛰어내린 후에야 깨달았다。 바보같이ー。

널 닮은 뒷모습에도 이렇게 달아나버리는,
아직도 널 마주할 용기가 없는,

나는 여전히 접쟁이。

···

이상한 데서
내려버렸네··

수없이 생각했다.
거리에서, 혹은 버스에서, 우연히 헤어진
그 사람을 마주치는 순간을.

수없이 상상했다.
우연히 마주친 그 사람과 웃으며 인사하는 나를.

가끔씩은,

멀리서 걸어오는 누군가의 모습에서 그 사람을 발견하고
화들짝 놀라 고개를 돌리게 되는 순간이 있다.
조심스레 곁눈질로 바라보면 전혀 다른 사람인데도
왠지 모르게 그럴 때가 있다.

그 사람과 닮은 뒷모습에
마음이 덜컹, 하게 되는 날도 있다.
가만히 보면 걸음걸이나 체형이 완전히 다른 사람인데도
왠지 모르게 그럴 때가 있다.

조금   쓸쓸한   오늘

달아나듯 도망치듯, 그 모습을 지나치고 나면
아직도 겁쟁이 같은 내 모습을 마주하게 된다.

널 닮은 뒷모습조차 마주할 용기가 없는 나는
언제쯤 덤덤해질 수 있을까.

우연히 마주친 그 사람에게 웃으며
안녕, 이라고 말할 수 있는 그런 날이 올까.

굳은살

피곤해냥

다녀왔어요.

너 구두 신고
갔다왔니?

발아프다더니.

응. 이제 굳은살
생겨서 괜찮아요.

조금   쓸쓸한   오늘

물끄럼

. . .

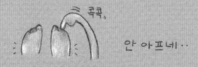

콕콕,,

안 아프네‥

에구구, 쉬어야지.

뒤적 뒤적
뒤적
뒤적,

데굴

응?

아..
이 사진이 아직 있었네..

조금 쓸쓸한 오늘

이제 네 사진을 봐도 많이 아프지 않아 。

여기도 굳은살이
배겼나..

피곤하다, 자야지..

음냥,

자야지..

자야지..

자야지..

조금 쓸쓸한 오늘

이제 네 생각을 해도 많이 아프지 않다.
너는 나에게 굳은살이 되었나 보다.

아프지 않지만 사라지지도 않는 ― 。

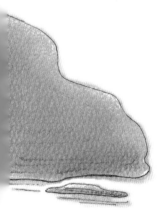

조 금   쓸쓸한   오 늘

요즘 비슷한 꿈을
자주 꾸는 것 같은데…

무슨 꿈이었지?
슬픈 꿈이었나?

아프지 않지만 사라지지도 않는ㅡㅡ。

처음 구두를 신었을 때,
까지고 벗겨지던 연약한 발은
시간이 지나면 언제 그랬냐는 듯이 단단해진다.

상처가 쌓이고 쌓여서 생긴 굳은살은
더 이상 아프지 않지만 없어지지도 않는다.

처음 헤어졌을 때,
깨지고 부서지던 여린 마음은
시간이 지나면 언제 그랬냐는 듯이 덤덤해진다.

시간이 흐르고 흘러서 어느덧 무뎌진 마음은
더 이상 아프지 않지만 사라지지도 않는다.

조 금   쓸쓸한   오 늘

흘러가는 시간 속에
무르기만 했던 내 마음에
그렇게 조금씩, 굳은살이 생겨간다.

이제는 정말 괜찮은데, 괜찮아졌다 생각했는데.
어째서인지 문득, 마음 한 구석이 욱신거릴 때가 있다.

아마도 내 마음 어딘가에, 네가 여전히 남아 있나 보다.
시간이 지나도 사라지지 않는 굳은살처럼,
그렇게 단단하게.

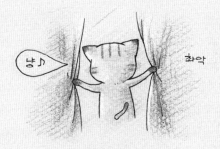

조금 쓸쓸한 오늘

휙

냥!!

" 이 옷은..

뭉게 뭉게

몇년전에··

" 꼬옥

그 사람을 처음 만나던 날,
입었던 옷이었지..

— 기억도 함께。

그 사람과 자주 가던 카페가 있었지··

둥게   둥게

죽춤

또냥?

머뭇

으으냥

— 추억도 함께.

이제 이 길도
편하게 다닐수
있겠다냥 !

조금 쓸쓸한 오늘

정리한 것은 한 벌의 옷이 아닌,

당신의 기억.

무너져 내린 것은 흔한 카페가 아닌,

당신과의 추억.

그렇게 하나둘씩 사라져 간다면
조금 더 편해질 수 있을까.

아니면, 조금 더 외로워질까.

부디,

새로운 옷에 예쁜 기억을 담고,

새로운 장소에서 빛나는 추억을 쌓을 수 있기를.

조금 쓸쓸한 오늘

청소를 하다가 옷장 속에서 발견한
오래된 옷 한 벌에 잠시 시선이 멈춘 것은
너와의 기억이 담겨 있기 때문이었다.

늘 다니던 길가의 흔한 카페 하나가 없어진
그 자리에서 한참을 서성인 것은
너와의 추억이 담겨 있기 때문이었다.

정리한 것은 낡은 옷 한 벌이 아닌, 달콤했던 너와의 기억.
무너져 내린 것은 흔하디 흔한 카페가 아닌, 즐거웠던 너와의 추억.

그 사람을 기억할 수 있는 물건이
그 사람과의 추억이 담겨 있는 장소가
그렇게 하나둘씩 사라져 간다면
조금 더 편해질 수 있을까.
아니면, 조금 더 외로워질까.

단지 바라는 것이 있다면
새로운 옷에 예쁜 기억을 새로이 담고
새로운 장소에서 빛나는 추억을 새로이 쌓을 수 있기를.

조금 긴 시간이 걸리더라도
부디 그럴 수 있기를.

당신도
그리고 나도.

마
침
표

기르던 머리도 짧게 잘라보고,

눈이 붓도록 울어도 보고,

툭 툭

함께 가던 곳에서 혼자 밥도 먹어보고,

두리번

너희 동네 근처를 어슬렁거려도 보고,

글자로 남겨진 너의 흔적을
다시 꺼내 읽어본다.

너를 잊어 가는 나만의 방법들.

조 금 쓸쓸한 오 늘

추억의
작은 조각들을

휙

멀리 던져보고,

슥슥

지워보고,

물어 본다.

결국에는 하나의 조각만이 남아있다.

우리의,

너와 나의,

마침표.

조 금   쓸 쓸 한   오 늘

그 과정들이 슬프지만은 않은 이유는,

마주치는 추억들이

여전히 반짝반짝 빛나기 때문에.

조금만,
아주 조금만
있다가 갈게。

미련 같은 게 아니야。

그냥 조금, 조금 아쉬워서 그래。

— 내게 다시는 오지 않을 반짝임일까 봐。

기르던 머리를 싹둑, 잘라도 보고
눈이 붓도록 마음껏 펑펑, 울어도 보고
너와 함께 가던 곳에서 혼자, 밥도 먹어 보고
너희 동네 근처를 할 일 없이, 어슬렁거려도 보고
글자로 남겨진 네 흔적들도 다시, 꺼내 더듬어 본다.

너를 잊어가는 나만의 방법들.

그렇게 너와 만든 추억의 조각들을
하나씩 하나씩
멀리 던져도 보고, 조금씩 지워도 보고, 천천히 묻어도 본다.

결국에 남은 단 하나의 조각은
너와 나의, 우리의 마침표.

너와의 마침표를 찍어가는 나만의 과정들.

그 과정들이 그렇게 슬프지만은 않은 이유는
그 속에서 마주치는 추억들이 여전히 반짝반짝 빛나기 때문에.
진심을 다해 함께했던 그 시간 속에, 빛나는 우리가 있었기 때문에.

잠시 우리의 끝자락, 그 작은 마침표 안에
몸을 웅크리고 앉아본다.

어떤 미련도, 바보 같은 후회도 아니다.

그저,
다시는 내게 없을 반짝임일까봐.
다시는 누군가와 함께 이렇게 빛날 수 없을까봐.
그 예쁜 빛이 너무 아쉬워서, 그래서.

조 금   쓸 쓸 한   오 늘

별 다를 것 없

지만, 살아 있

어 반짝 반짝

한 소중한 하루

나의 마음에
잔 잔 한 햇볕 이
내린다

어제처럼

소소한

오늘

인
생
이
란

콩밥의 콩을 골라내듯이,

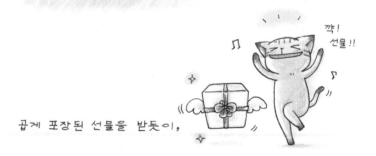

향긋해♥   아 예뻐♥

꽃밭의 예쁜 꽃을 골라내듯이,

곱게 포장된 선물을 받듯이,

깍!
선물!!

그렇게 먹고 싶은 것만 먹고,

갖고 싶은 것만 갖고,

예쁜 것만 받을 수는 없다。

인생이란,

스윽

어디서
편식질이야.

우우윽냥

때로는 먹기 싫은 콩도 먹어야 하고,

예쁜 꽃 대신 잡초를 손에 쥐어야 하며,

찌그러진 선물을 받아야 하는 것.

어제처럼 소소한 오늘

그렇지만 인생이란,

생각지도 못했던 콩의 고소함을 맛보고,

콩졸앙♥

살랑   향긋해냥 ♥

이름도 모르는 잡초의 싱그러운 풀내음을 맡고,

달콤한 케익
이다냥 ♥

찌그러진 상자 속 달콤한 케익을 마주하게 되는 것。

인생이란,

그래서 좋은 것. 그래서 재미있는 것.

그래서 두근두근한 것.

인생이란,

먹고 싶은 것만 먹고
갖고 싶은 것만 갖고
좋은 것만 받을 수는 없다.

때로는,

먹기 싫은 것을 먹어야 할 때도 있고
남보다 좋지 못한 것을 갖게 될 때도 있고
볼품없이 찌그러진 선물상자를 받게 될 때도 있다.

그렇지만
인생이란,

먹기 싫었던 음식에서 생각지도 못했던 맛을 느끼고
내가 가진 작은 것의 좋은 점을 깨닫고
쩌그러진 상자 속의 예쁜 선물을 마주하게 되는 것.

예상하지 못했던 곳에서
상상하지 못했던 기쁨을 느낄 수 있는 것.

인생이란,
그래서 두근두근한 것.
그래서 살아볼 만한 것.

웃음이 많은 사람은,

실은 눈물이 많은 사람。

누구에게나 친절한 사람은,

실은 누구에게도 친절하지 않은 사람.

어제처럼 소소한 오늘

쿨해 보이는 사람은 ,

실은 누구보다 미련이 많은 사람.

당당하고 강해 보이는 사람은,

실은 약하고 겁이 많은 사람。

누구나 자신의 약점을,

조금씩 감추며 살아간다。

나만 눈물이 많고,

친절하지 않고,

쿨하지 못하고,

약해빠진 것이 아니다。

우리는 모두 그렇게 살아간다。

웃음이 많고 밝은 사람은
어쩌면 눈물도 많은 사람일 수 있다.

누구에게나 친절하고 다정한 사람은
실은 누구에게도 마음을 열지 않는 사람일 때가 있다.

쿨해 보이고 이별에 익숙해 보이는 사람이
사실은 누구보다 그리움과 미련이 많은 사람일 때가 있다.

언제나 강하고 당당해 보이는 사람이
실은 굉장히 겁이 많고 약한 사람인 경우도 있다.

보이는 것과 달리
누구나 약점은 있다.

누구나 자신의 약점을 숨기려 애쓰며, 감추려 노력하며
그렇게 살아간다.

나만 울보 겁쟁이가 아니다.
나만 미련투성이 상처투성이가 아니다.
우리는 모두 그렇게 살아간다.
슬퍼하고, 후회하고, 아파하고, 상처받지만,
그렇지 않은 척, 괜찮은 척 웃어 보이면서.

그러니까,
안심해도 된다.
우리는 모두 약점투성이니까.

그리고 그것이,
너와 내가 서로를 따뜻하게 보듬어야 하는 이유니까.

언제 한 번

그래
그래

언제 밥 한번
먹자냥.

언제 한번
보자냥.

언제 한번
연락할게냥!

" 언제 한번 "

어 제 처 럼   소 소 한   오 늘

'언제 한번'이라는 말로
얇게 이어진 그런 사이.

'언제' 끊어져도 상관없는,

'한번' 보지 않아도 괜찮은 그런 관계.

우리에게 '언제 한번'이란,

'언제 (가 될지 모르는)

(오지 않을지도 모르는) 한번'이다.

어 제 처 럼   소 소 한   오 늘

조금 더 가까워지고 싶다면,

성큼。

관계의 끈을 놓치고 싶지 않다면,

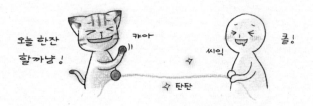

언제가 될지 모르는 _{애매한} 한번이 아닌,

용기 있고 확실한 한번을 건네볼 것。

어제처럼 소소한 오늘

조금 더 가까워지고 싶다면,

"언제 밥 한 번 먹자."
"언제 한 번 봐야지."
"언제 한 번 연락할게."

우리가 늘 입버릇처럼 하게 되는
'언제 한 번'이란 말은,
'언제(일지 모르는) (오지 않을지 모르는) 한 번'인 것은 아닐까.

우리에게는 '언제 한 번'이라는 말로 이어진
가늘고 아슬아슬한 관계가 너무나 많다.

'언제 (끊어져도 상관없을지 모르는) 한 번'
보지 않아도 괜찮은 그런 관계.

누군가와 조금 더 가까워지고 싶다면
그 끈을 놓치고 싶지 않다면,
진심이 담기지 않은 '언제 한 번'의 가벼움 대신
보다 묵직한 약속의 말을 건네 볼 것.

"오늘 밥 한 번 먹자."

정말 소중한 것

"피곤해요."
"바빠요."
"밥 생각 없어요."

똑똑 —

뭐 하니?

밥 차려 놨는데.

쏙

휙

바쁘다냥.

밥 생각 없어요.

어 제 처 럼   소 소 한   오 늘

똑똑-

우리딸
밥은?

먹었나?

빼꼼

안먹어요.

바빠바냥♪

♪

33 부르르

어제처럼 소소한 오늘

그러던 어느날。

어 제 처 럼   소 소 한   오 늘

매일 내 끼니를 걱정해주는,
내 끼니가 항상 걱정인 사람.

멀어지면 그만인 사람.

정말 소중한 것은 무엇일까.

어제처럼 소소한 오늘

아이구,
우리딸
춥겠네。

스윽 =

오늘도 몇 번이나 고마운 일투성이었나요。

고맙다는 말 한마디, 아끼지 마세요。
사랑한다는 말도, 많이 해요 우리。

멀어지면 아무것도 아닌 그런 사람 말고,
언제나 나를 걱정해주는 정말 소중한 사람에게 ㅡ。

어제처럼 소소한 오늘

바쁜 일상 속에서 때로는 귀찮게 느껴졌던,

"아침 먹고 가야지."
"밥은 먹었니?"

그 반복된 말 속에 담긴 것은
감히 헤아릴 수조차 없이 큰 사랑.

매일 내 끼니를 걱정해주는,
내 끼니가 매일 걱정인 사람과
멀어지면 아무것도 아닌 남이 되는 그런 사람.

더 소중한 것은 어느 쪽일까.

"사랑해."
"고마워."
친구에게, 연인에게는 쉽게 하는 말들.

멀어지면, 헤어지면, 사라져버릴 인연들에게
우리는 더 많은 표현을 한다.
늘 내 옆에 있어주는 정말 소중한 이들에게는
작은 표현조차 하지 못하면서.

나에 대한 따뜻한 관심은 언제나 당연하게 생각하고
나에 대한 사소한 걱정은 때때로 귀찮게 생각한다.

매일 고마운 일 투성이인 소중한 사람에게
고맙다는 말도
사랑한다는 말도
아끼지 말 것.

정말 소중한 사람에게
내 마음을 표현할 것.

뭘 찾을 수가 없다냥!!

- 방 청소를 해볼까。 -

좋아하는 마음의 조각도,

미움의 덩어리도,

그리움의 씨앗도,

어제처럼 소소한 오늘

모두 찾아본다。

숨어 있는 내 마음들을 찾아본다。

애정은 무럭무럭 자라나고,

그리움은 싹을 틔우고,

미움은 저 멀리에 던져 둔다。

당신 안에 숨어 있는 마음들을 찾아내볼 것.
숨은 마음을 찾아내, 그 마음에 솔직해질 것.

그리고 예쁘게 정리해볼 것.

자신만의 방법으로.

내 마음도 청소가 필요할 때가 있다.

아무것도 찾을 수 없게 엉망이 되어버린 방처럼
여러 감정이 뒤엉켜버린 마음의 방.

방 구석구석, 곳곳에 숨겨진
내 마음들을 찾아본다.

어딘가에 떨어뜨린 애정의 조각도 찾고
서랍 깊숙이 넣어둔 그리움의 씨앗도 찾고
먼지처럼 쌓여버린 미움의 덩어리도 찾아낸다.

숨어있는 마음들을 찾아내고
그 소중한 감정들을 예쁘게 정리해본다.

좋아하는 마음은 무럭무럭 예쁘게 키우고
그리움은 조심스럽게 싹을 틔워내고
미움은 훌훌 털어내어 저 멀리 던져둔다.

내 마음도 청소가 필요하다.

무엇보다도 소중한 그 마음들이
뒤엉키지 않고 하나하나 빛날 수 있도록.

살다
보면

나만 바쁜 것 같고 ,

나만 외로운 것 같고 ,

내 빵이 더 작은 것 같고,

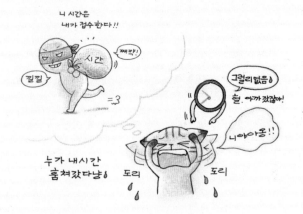

내 시간만 빨리 흐르는 것 같을 때가 있다.

늘 나만 힘든 것 같아。 세상은 불공평해。

그러나,

어 제 처 럼   소 소 한   오 늘

누군가는 보이지 않는 곳에서 노력하고,

함께 있어도 외로워하며,

사실은 같은 크기의 빵을 나눠 먹고,

똑같이 주어진 24시간 속에 살고 있다。

세상은,

알고 나면 생각보다 불공평하지만,

알고 보면 생각만큼 불공평하지는 않다.

당신이 보지 못하는 것과

느끼지 못하는 것들이 있을 뿐。

그러니, 조금 더 힘을 낼 것。

어 제 처 럼   소 소 한   오 늘

살다보면 그럴 때가 있다.

나 혼자만 바쁜 것 같고
나만 홀로 외로운 것 같고
내 것이 남의 것보다 작아 보이고
내 시간만 빠르게 흘러가 버리는 것 같을 때.

그렇지만 다른 누군가는

보이지 않는 곳에서 바쁘게 일하고
함께 있어도 외로움을 느끼며
사실은 나와 다르지 않은 것을 가지고 있고
나와 똑같은 24시간 속을 달리고 있다.

세상이란
생각보다 불공평하지만
생각만큼 불공평하지는 않다.

당신이 보지 못하고 느끼지 못하는 많은 것들이 있을 뿐.
그러니 조금만 더 힘을 낼 것.

지금 이 순간에도
당신이 더 많은 것을 가지고 있다고 생각하는 다른 누군가가 있을 테니.

오늘도 감사히

사랑하는 이에게 따뜻함을 느낄 때,

어깨를 토닥여주는 친구에게 고마움을 느낄 때,

소중한 이들과 즐거운 시간을 보낼 때,

생각지 못한 곳에서 친절함을 마주할때,

그리고,

부족한 나의 끄적임을 많은 이들이 응원해줄 때,

나는 생각한다.

내가 했던 착한 일들에 대해—

어제처럼   소소한   오늘

룽게

룽게

어떤 좋은 일을 했기에,

이렇게 감사한 순간들이 내게 주어졌는지。

이렇게 고마운 이들이 내 곁에 있어주는지。

딱히 없는 것 같···

나에게 미리 주어진 것들이라면,

감사하는 마음으로 더 좋은 사람이 되어야겠다고,

오늘도 생각한다。

사랑하는 사람이 지친 마음을 꼬옥 안아줄 때
어깨를 토닥여주는 친구의 손이 너무나 따뜻할 때
소중한 이들과 맛있는 음식을 먹을 때
생각지 못했던 곳에서 친절함을 마주할 때

그리고
작고 부족한 나의 끄적임을 많은 이들이 응원해줄 때.

나는 생각한다.
내가 했던 좋은 일들에 대해.

예전의 내가 어떤 착한 일들을 했기에
어떻게 이런 고마운 순간들이 내게 주어졌는지.
어떻게 이런 따뜻한 사람들이 곁에 있어주는지.

아무리 생각해봐도,
착한 일을 그리 많이 한 것 같지는 않은데
어째서 이렇게 감사한 순간들이 나와 함께하는 것일까.

만약에 내게 미리 주어진 것들이라면
착한 일들을 더 많이 해야겠다고
정말로 좋은 사람이 되어야겠다고

오늘도 생각한다.

에 필 로 그

내가 이야기하고 싶은 것은 감정이다.

내가 느끼고, 그 사람이 느끼고, 당신이 느끼고, 누군가가 느끼는,
공기 중에 흔하게 부유하는 그러한 감정들.

감정을 이야기할 수 있는 것이라면,
그게 무엇이든 상관 없다는 생각이 들었다.

그림이든
글이든
또 다른 무엇이든.

작은 감정들을 나누고 공유할 수만 있다면,
그리하여 공기 중에 흩어질 반짝이는 감정의 조각들을 잠시나마 잡
아 볼 수 있다면,
아무래도 상관 없다는 생각이 들었다.

내가 지금 이야기하고 싶은 것이 있다면,
내가 지금 할 수 있는 방법으로, 이야기하고 싶었다.

지나치기 아쉬운 감정의 조각들을 끌어 모아 차곡차곡 쌓아가다 보니,
흩어진 감정의 조각들을 잃은 채 텅 비어 있던 내 마음이 행복해진다.
아주 조금씩, 천천히 번지듯이, 조심스레 스며들듯이.

문득 정신이 들었을 때는, 이미 행복에 흠뻑 젖어 있을 수 있기를 바란다.

그리고 당신도 꼭, 그랬으면 좋겠다.

내가 하는 이야기들이, 그 감정들이
당신의 어깨 위에 사뿐히 내려앉고,
당신의 작은 손 끝에 닿아
당신의 뺨 위에 따스하게 번져가기를.

갈 곳을 잃고 헤매이던 반가운 조각들을 붙잡고
함께 웃고 울고 그리워하고 쓸쓸해하면서.

그렇게 오늘도, 살아갔으면 좋겠다.

초판 1쇄 발행 2017년 1월 19일

지은이 클링키
펴낸이 이광재

책임편집 김미라
디자인 이창주   **마케팅** 허남

펴낸곳 카멜북스   **출판등록** 제311-2012-000068호
주소 경기도 고양시 덕양구 통일로 140 (동산동, 삼송테크노밸리) B동 442호
전화 02-3144-7113   **팩스** 02-374-8614   **이메일** camelbook@naver.com
홈페이지 www.camelbook.co.kr   **페이스북** www.facebook.com/camelbooks

ISBN   978-89-98599-29-4 (03810)